ちくま文庫

四角形の歴史

赤瀬川原平

筑摩書房

目次

四角形の歴史　Framed History

I

風景を見る

Looking at the Scenery

いつものように、風景を撮《と》ろうと、カメラのファインダーをのぞきながら、ふと考えた。
犬も風景を見るのだろうか。

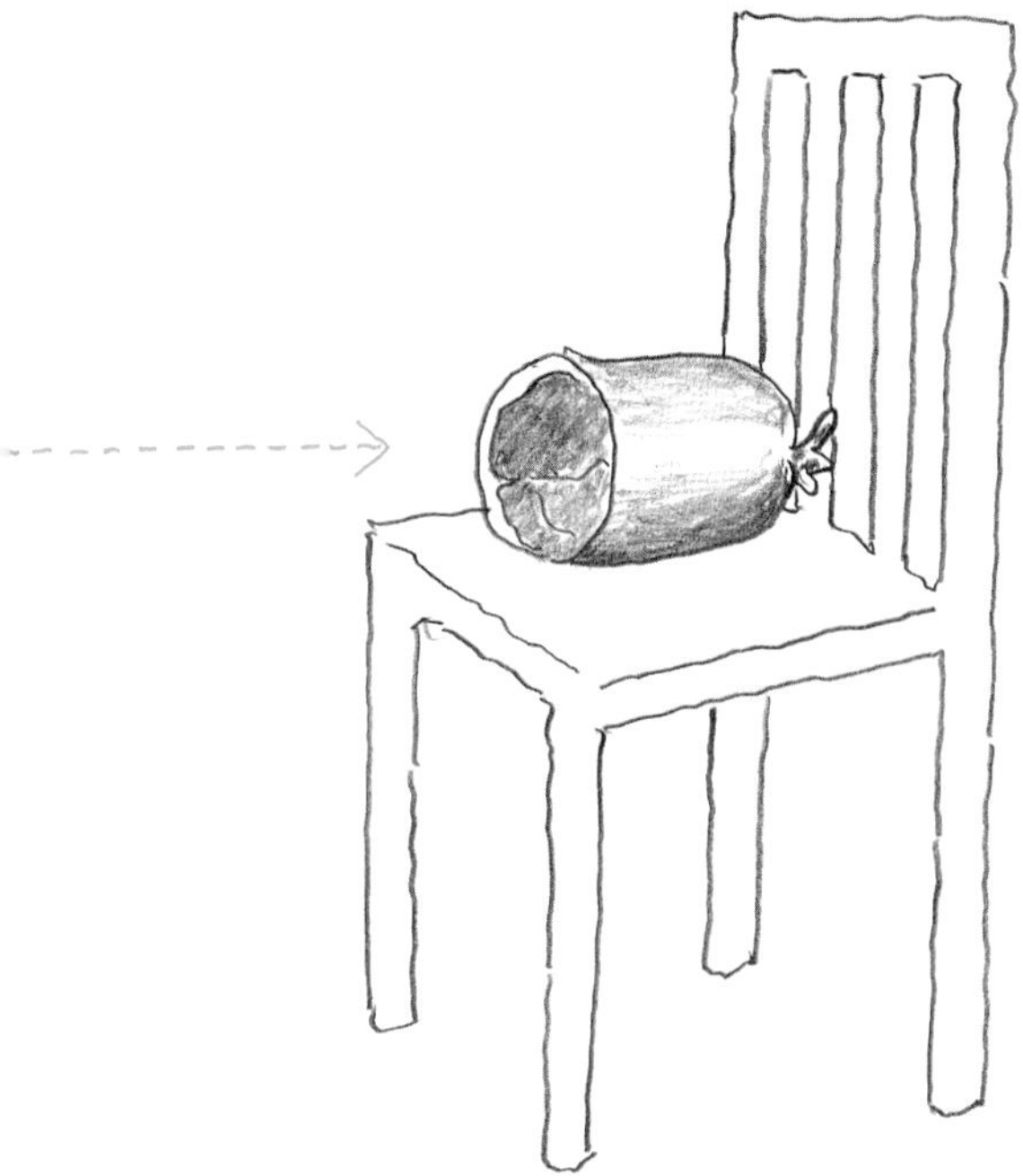

うーん……。犬は風景を
見ないと思う。
犬は風景というものに気
がつかないんじゃないか。
犬は物を見る。

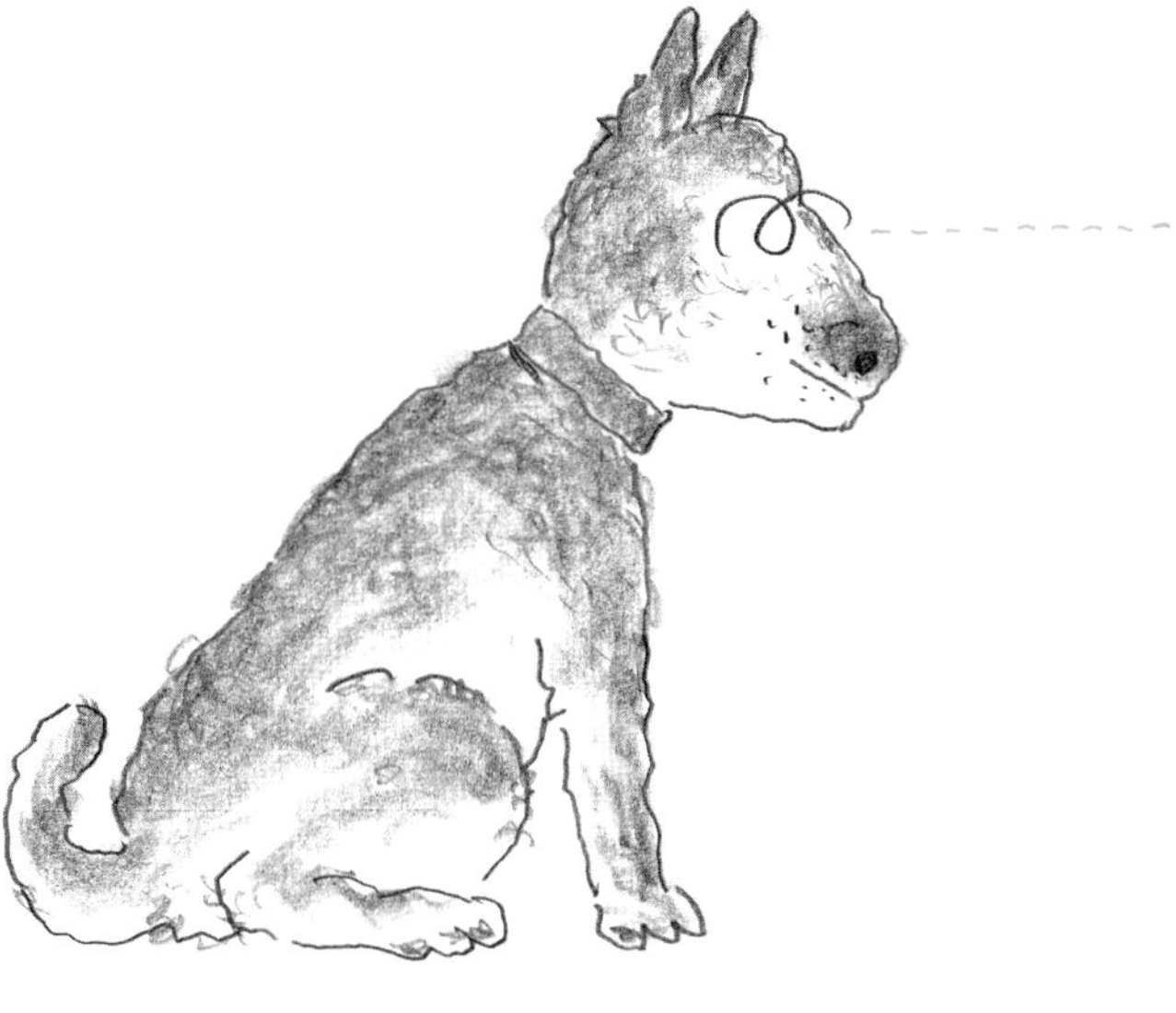

物の向こうには風景が見えるはずだが、犬はたぶん、その風景を見てはいない。物だけを見ている。美味《おい》しそうだな、と思って見ている。

犬友Ⓐ
ご主人Ⓑ
ご主人Ⓐ
ハム

物は必要だから、犬は物を見る。つまり物件を見る。肉や電柱やご主人様など。でも風景はとくに必要でないから、犬は風景なんて見ないだろう。目に入ってはいても見てはいない。

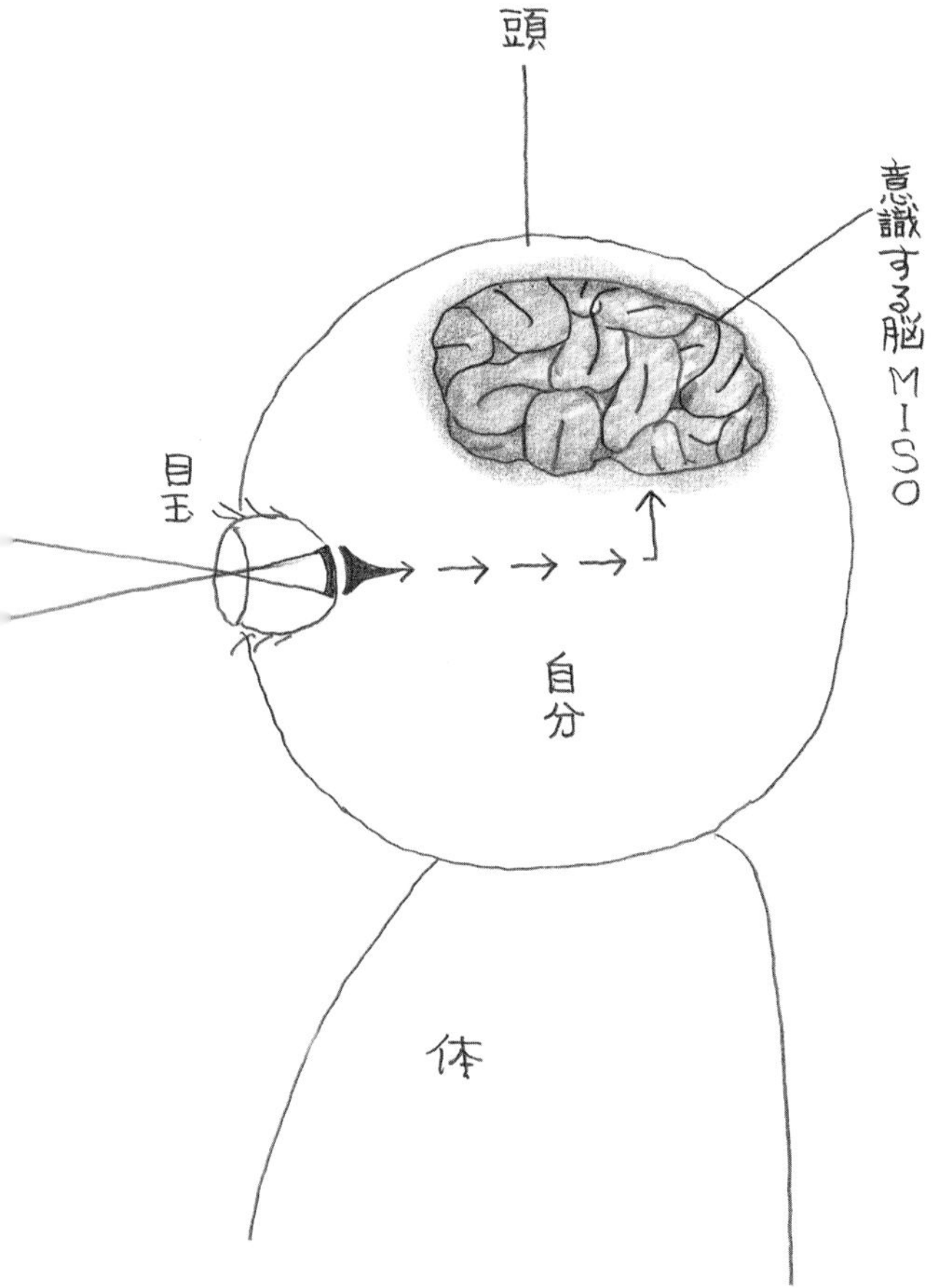
頭
意識する脳MISO
目玉
自分
体

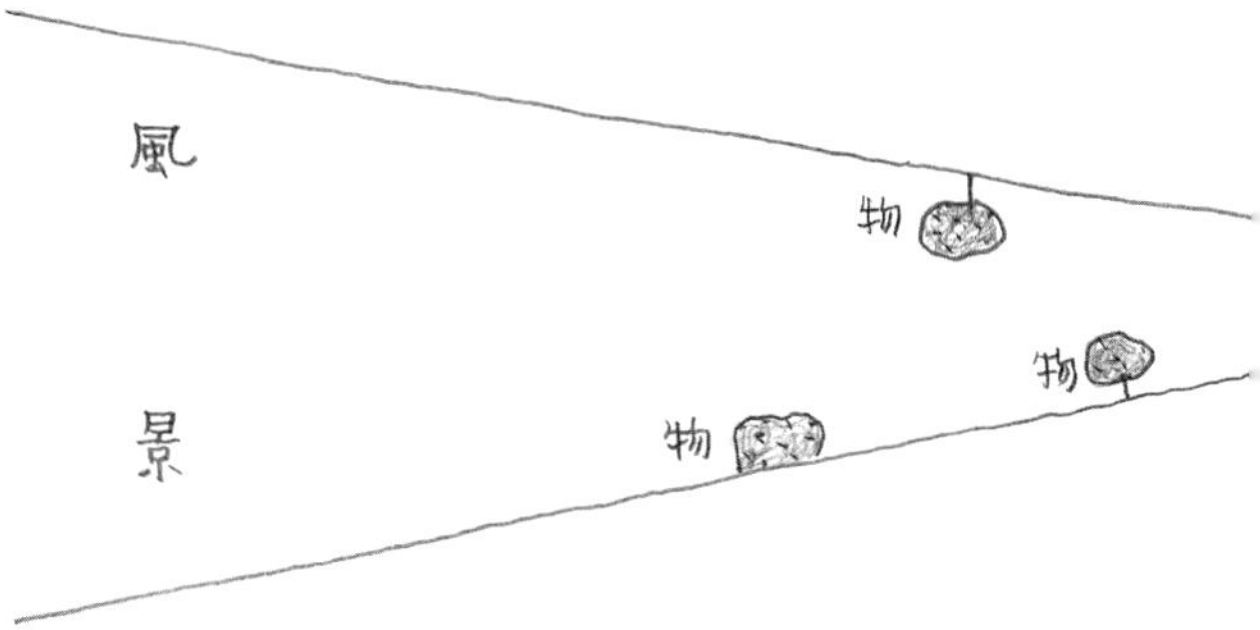

目玉は頭の入口だから、物も風景も何でも通過する。でも見るというのは、目玉を通ったものを頭がつかむことだ。

つまり見るのは、ちゃんと意識する力があってのことだ。

風景は犬の目に入ってはいても、犬の意識には届いていない。つまり犬の頭は風景を見ていない。物件以外はボヤボヤだろう。

その点は人間も似ている。いまの人間は風景を見ているが、昔は見ていなかった。人間も昔は物しか見ていなかった。それはたとえば、人間の絵の歴史をみると、よくわかる。

II

絵の歴史

The History of Paintings

人間の絵の歴史は古いが、風景画をちゃんと描《か》きはじめたのは、やっと印象派《いんしょうは》のころからだ。モネやピサロやゴッホたちは、風景をちゃんと意識して描いた。

でもそれまでの人間は、風景画を描いていない。人間の描く絵は、人や物ばかりだった。

偉い人、立派な建物、大変な出来事。

そういう輪郭《りんかく》のくっきりした物件ばかり、犬のように見て描いていた。

大変な出来事

有名な山

ただそういう偉い人の肖《しょう》像画《ぞうが》の背景には、ときどき遠くの風景が描かれている。風景画ではないけれど、中心の偉い人のオマケとして風景を見てはいたらしい。

人物を描くには、その人物をじーっとよく見る。着ている服もよく見る。坐っている椅子《いす》もよく見て、後ろの窓も見て、窓の外の風景もよく見ることになる。ふだんは風景なんて意識して見ていないにしても、描くための絵筆を持つと、ちゃんと意識して見ることになる。

じーっ…

前方よーし

意識して見るとはそういうことだ。たとえば駅のホームで、駅員がよく右手を伸ばして、一つ一つ指さしながら、

「ドアよーし」

「前方よーし」

と自分で自分に声をかけて、安全を確認している。見たものを、意識に焼きつけている。

絵を描きながら物を見るのは、あれと同じことをしている。

人間は絵を描くので、いつの間《ま》にか風景も見ていた。そこが犬とは違う。でもその風景は絵の中心ではなく、あくまで中心のオマケとして見ていたのだ。

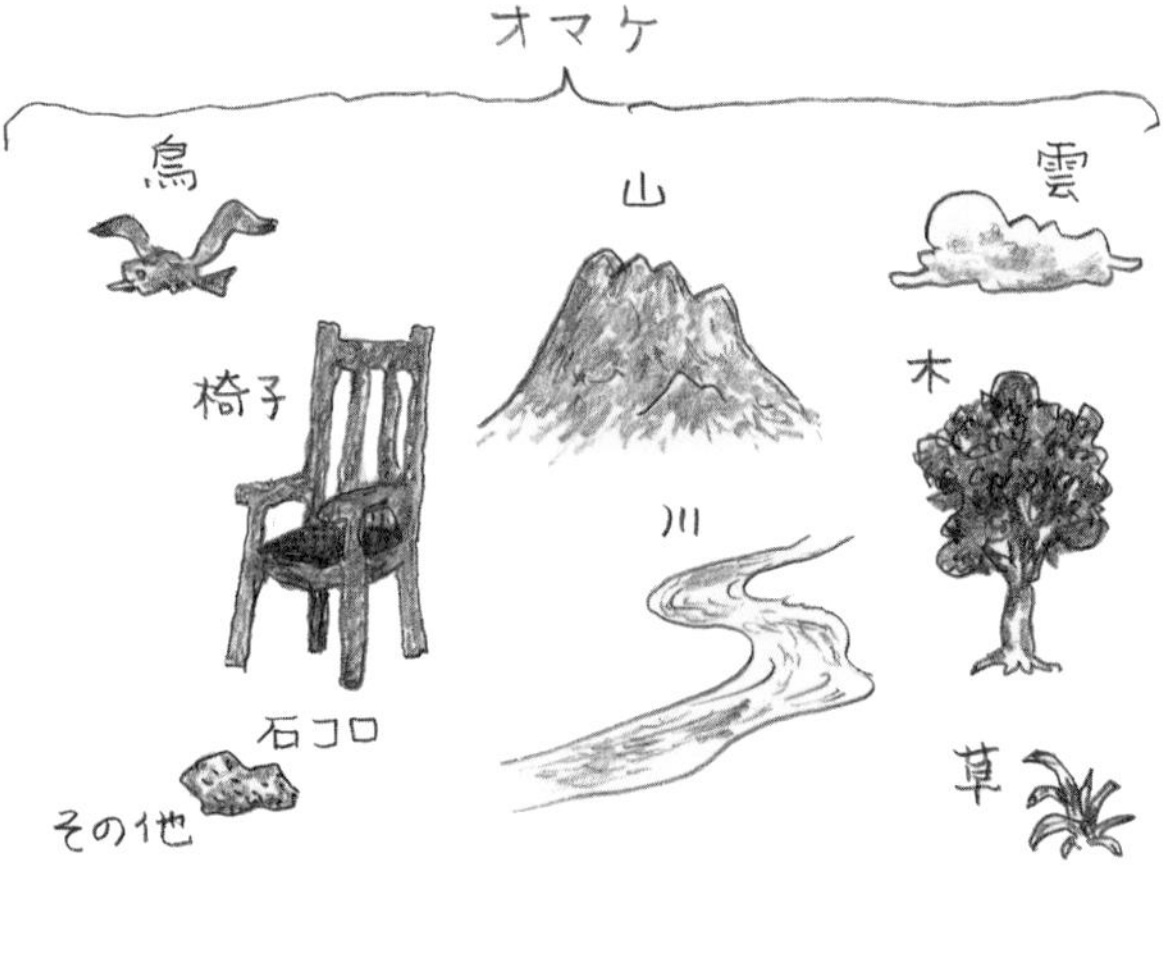

中心人物

人間の歴史が進んで、十九世紀、産業革命、体制変革、その他いろいろで、それまで小さかった一般市民の背が伸びていくと、それまで大きかった王様その他、絵の中心の偉い人が縮《ちぢ》んでいった。そして背景に隠れていた風景そのものが、目の前に見えてきた。

それと同時に、市民社会がふくらむと、偉い人お抱《かか》えの絵師に代わって、自分勝手に生活する絵描きがあらわれた。彼らはただ自分の好きな風景を絵に描きはじめて、やがて印象派は人気ものとなっていく。

でもまだよくわからない。

人間は絵の中心の、そのオマケとして少しずつ風景を見ていたとしても、そもそもそういう「絵」というものを、いつごろから描きはじめたのか。

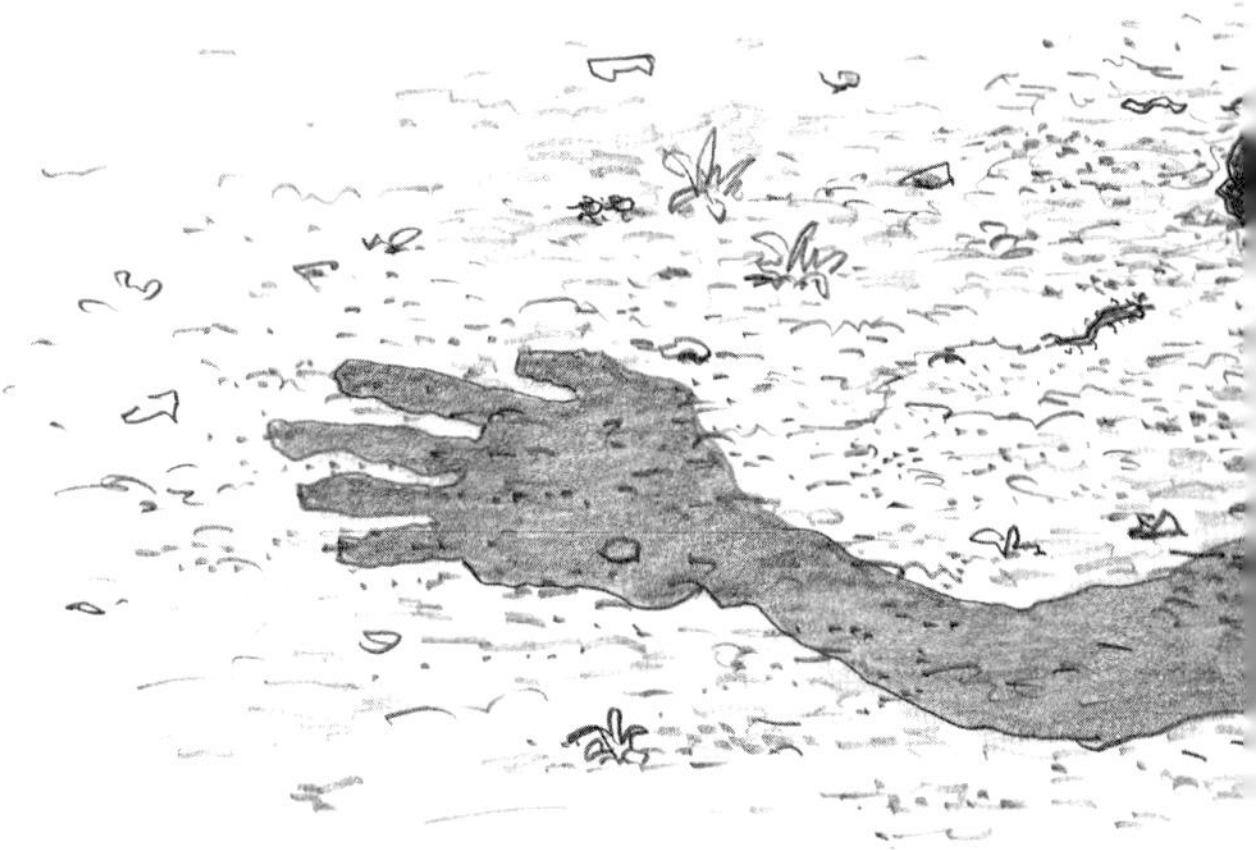

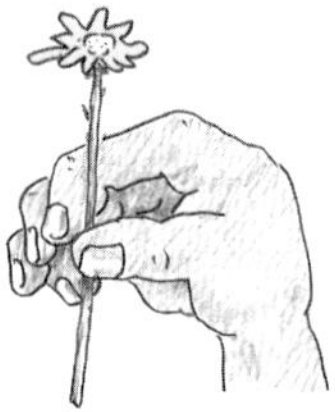

III

もっと昔の絵の歴史

The History of Older Paintings

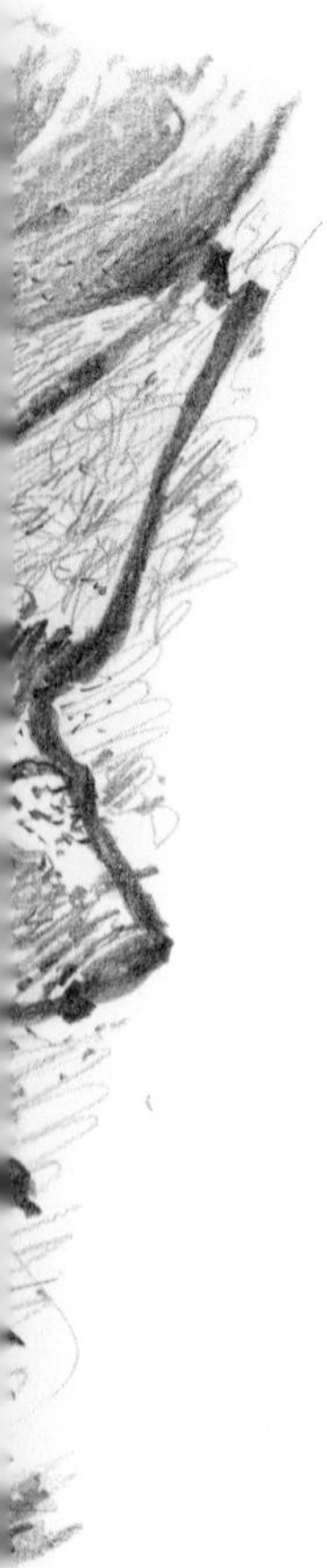

人間の描いたいちばん古い絵は、アルタミラやラスコーの洞窟《どうくつ》の壁に残されている。そこに描かれているのは周《まわ》りにたくさんいた動物たちで、人間自身は描かれていない。風景もぜんぜん描かれていない。

大昔の絵は洞窟の岩壁にはじまり、やがて土器《どき》や棺《ひつぎ》の表面その他、物体に描かれるようになった。そこに描かれる絵は抽象模様か、あるいはみんな動物や人や家などの物件ばかりで、風景は見あたらない。

その点で、人間の目はまだ犬の目だ。見るものが〝目の的〟、つまり目的物に絞られている。

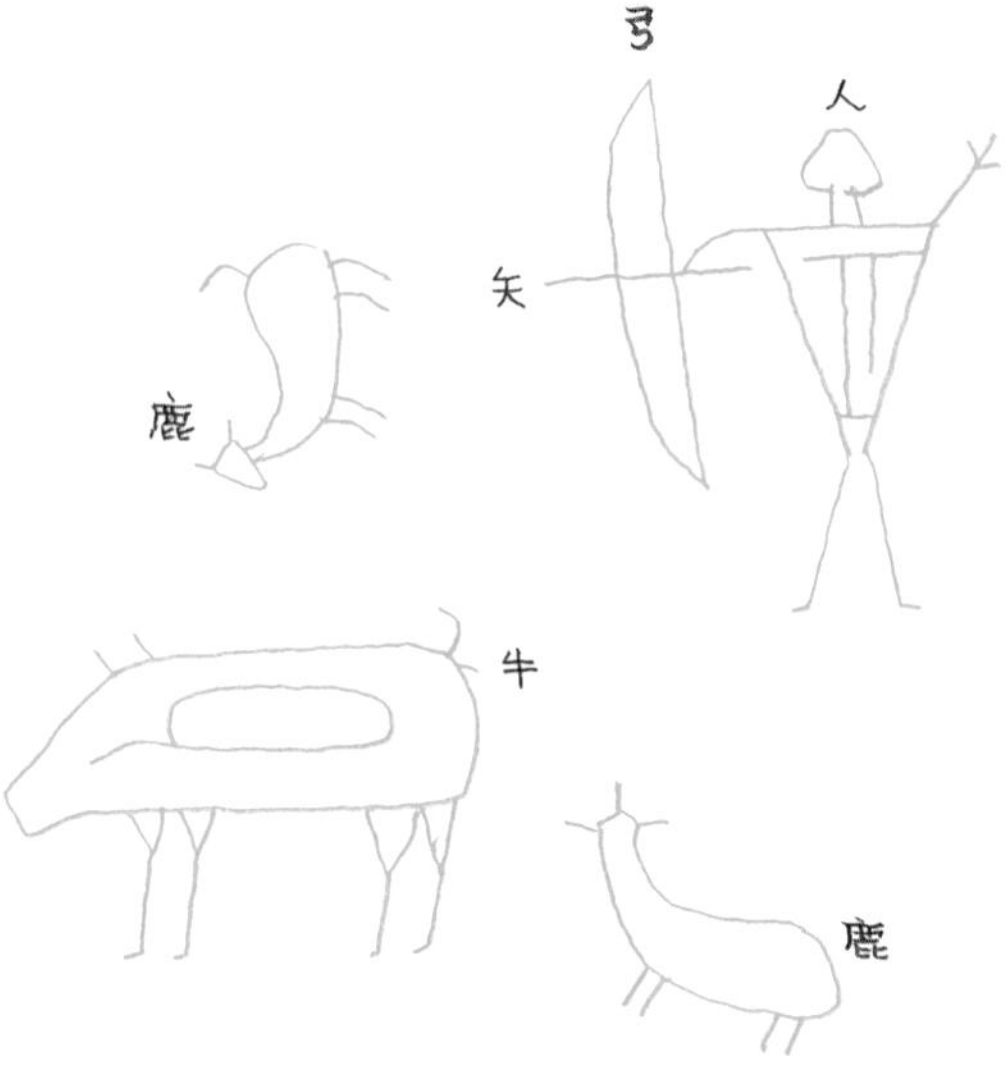

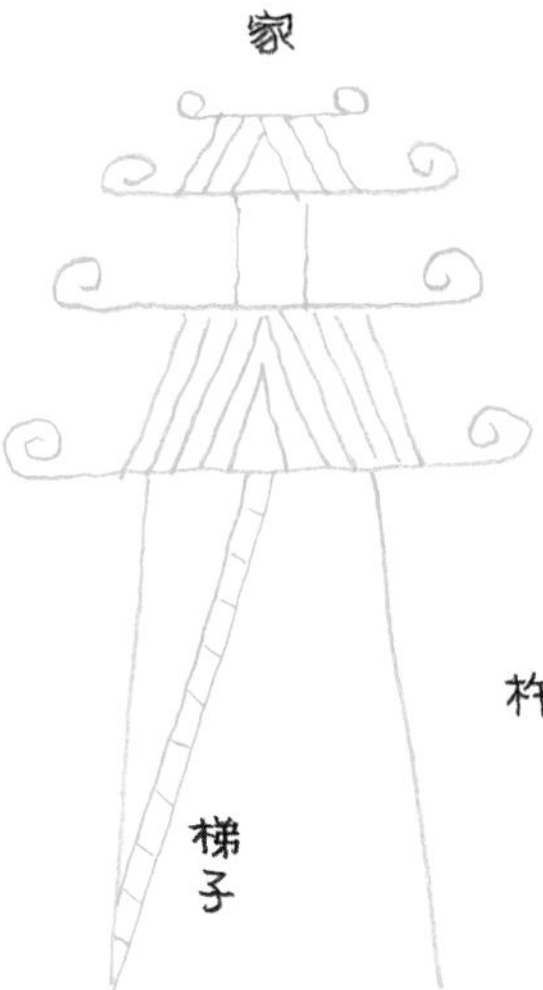
家
梯子

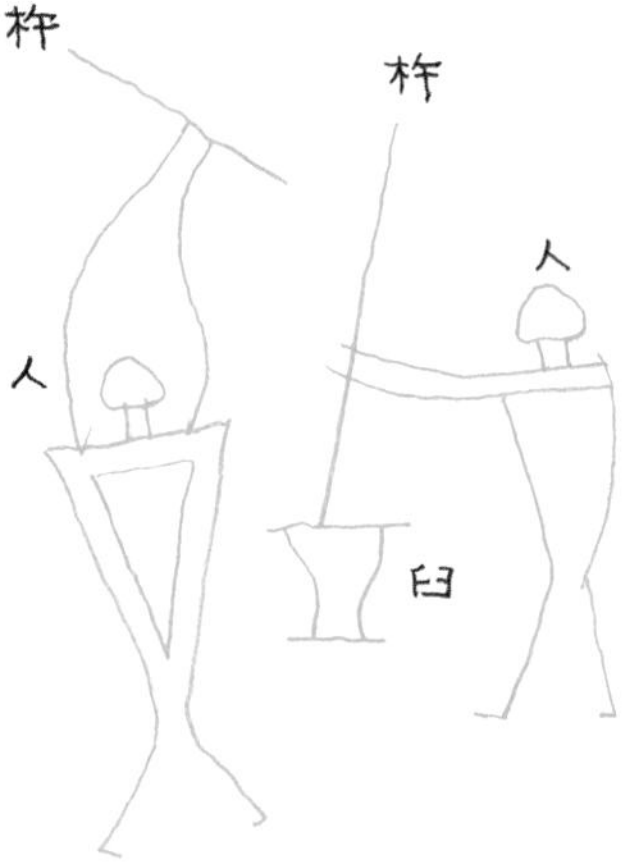
杵
杵
人
人
臼

蛙

歴史が進んで、人間の描く絵が壁や土器という物から離れて、一枚の独立したたら四角い画面に描かれるようになると、描いた画面の余《よ》白《はく》というものに気がついてくる。

壺《つぼ》や皿は物体だから、表面の絵はオマケでもともと余白なんてなかったが、四角い人工の抽《ちゅう》象《しょう》空間が出来ると、そこにはじめて余白があらわれてくる。

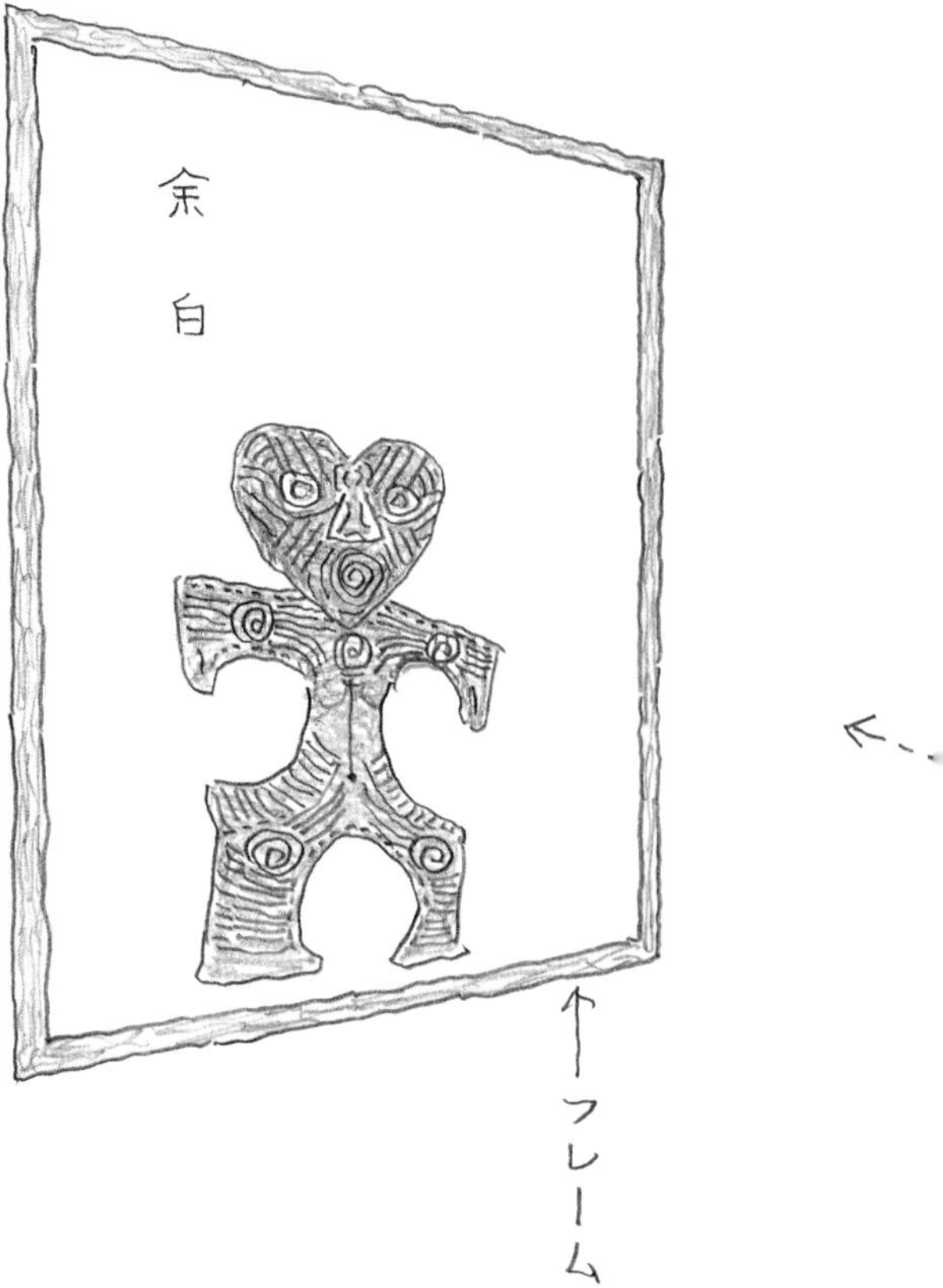
余白
フレーム

考えたら、現実世界に余白はない。必ずどこかに何かがある。土があり、草が生えて、木があり家があり、何かがある。空には何もないけど、青い。ぐるりと見回すと、どこにでも何かが見えている。

空
雲
雲
雲
鳥
鳥
山
海
船
林
家
家
車
木
林
田
小屋
通行人
猫
藁塚
土
土
道路
土

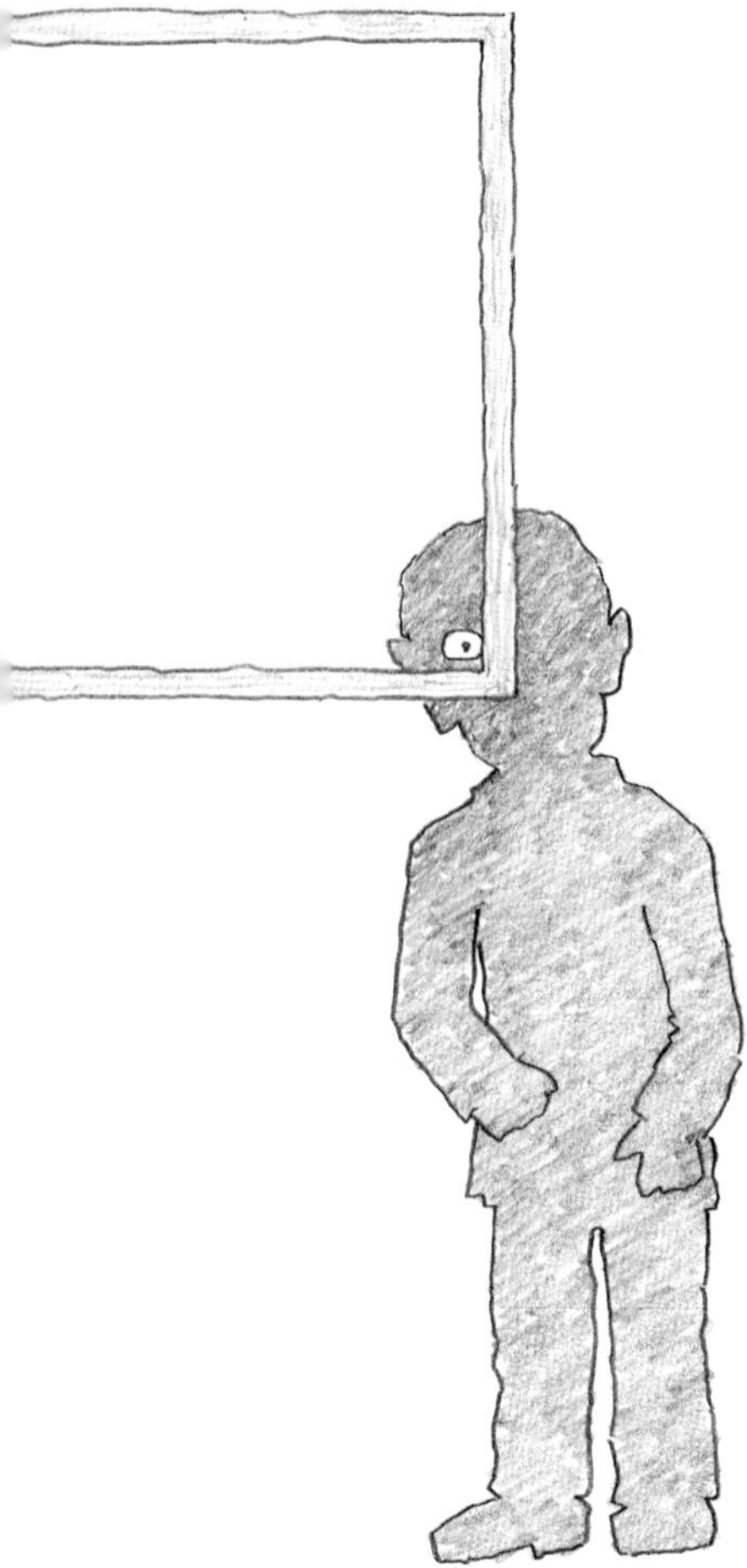

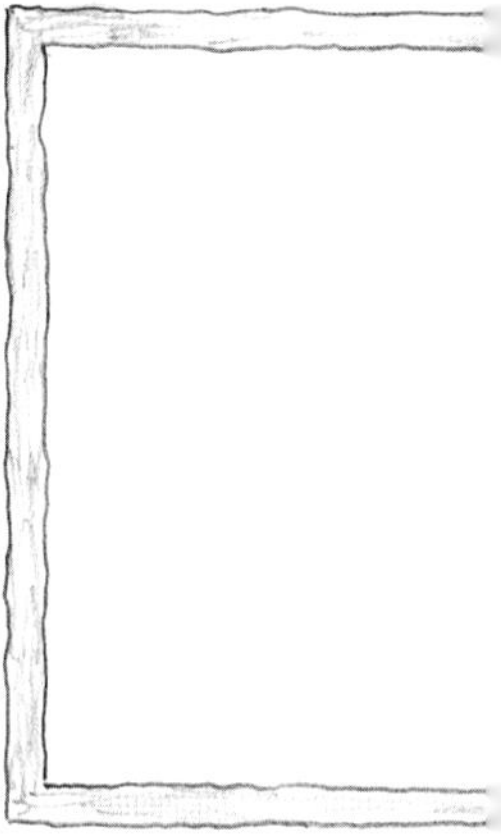

人間は四角い画面を持つことで、はじめて余白を知ったのだ。その余白というものから、はじめて風景をのぞいたらしい。

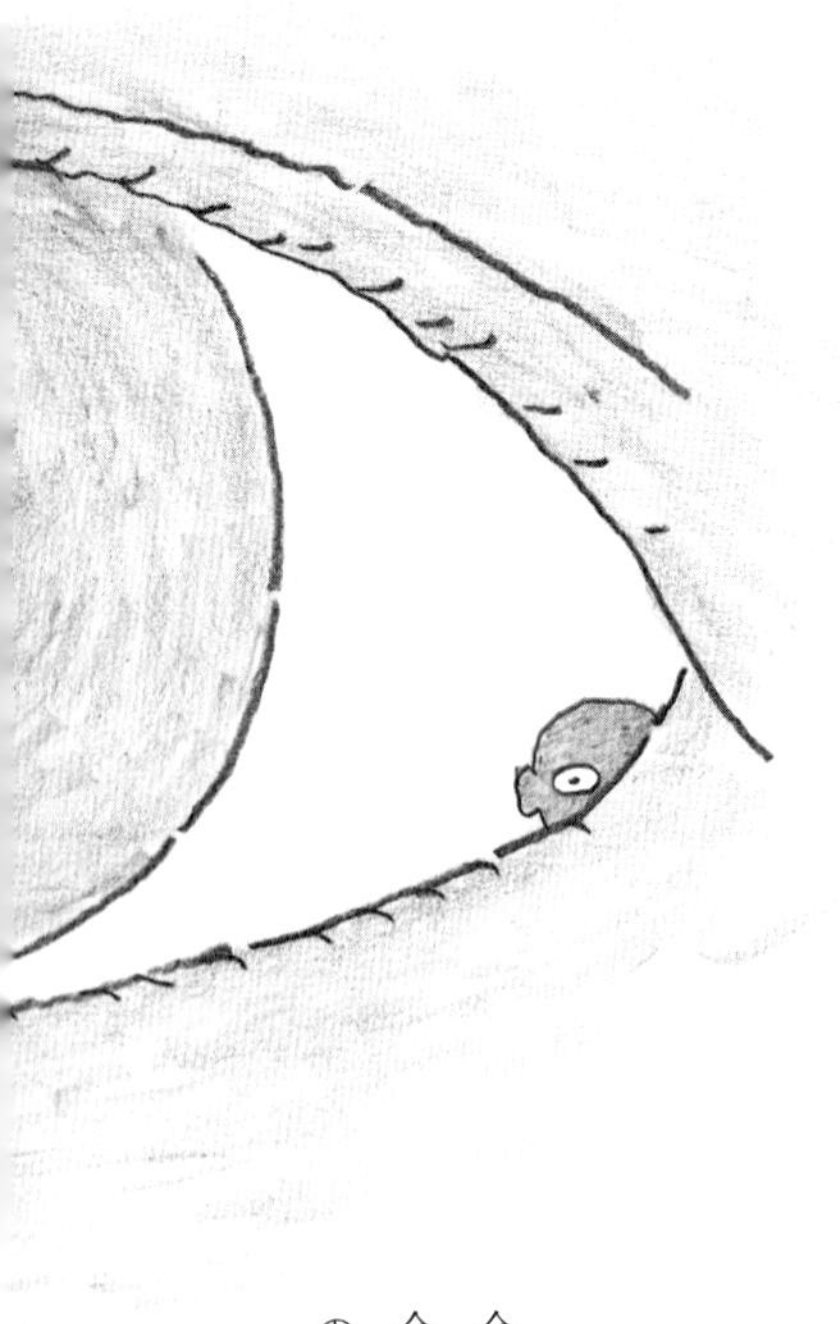

四角い画面にあらわれた余白は、いわば人間の目の余白である。風景はその目の余白に隠れていたのだ。

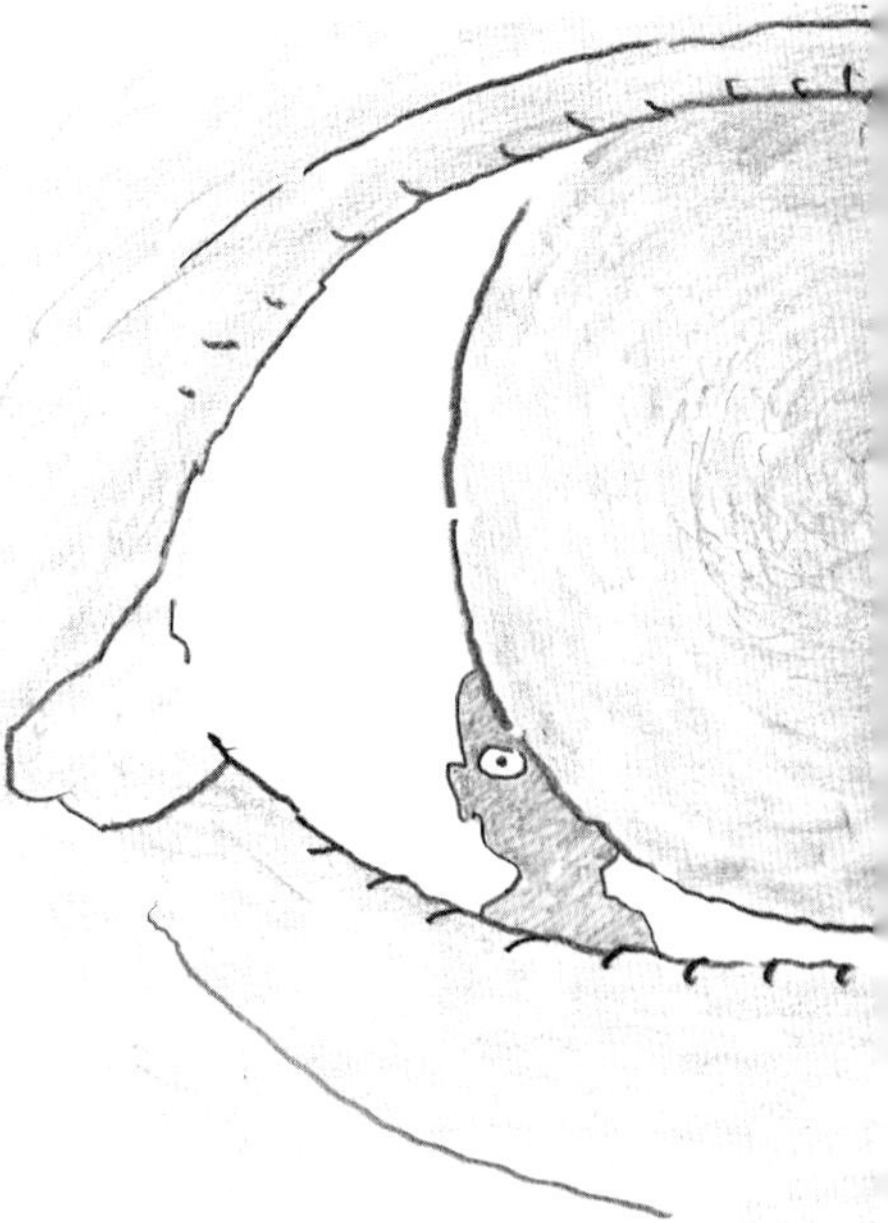

人間は自分の目の余白に気がついて、そこからはじめて風景が見えてきたと、そういうふうに考えられる。

そうなると、問題は画面である。四角いフレーム。それがあって、風景は見えてくる。
　四角いフレームがないと、目は犬のままだ。

四角いフレームというなら、絵よりも前に窓だろう。人間がおずおずと住居を建てて、その住居の壁におずおずと四角い窓が開けられたとき、人間はその窓からはじめて風景を見たのではないだろうか。

雨の日、外には出られない。仕方なく窓からぼーっと外を見る。大昔にも雨の日はあった。人間は仕方なくぼーっと外を見た。外に見える風景を描きはしないにしても、仕方なく、目的のないものを見ていた。

人間がはじめて風景として見たのは、雨の風景かもしれない。

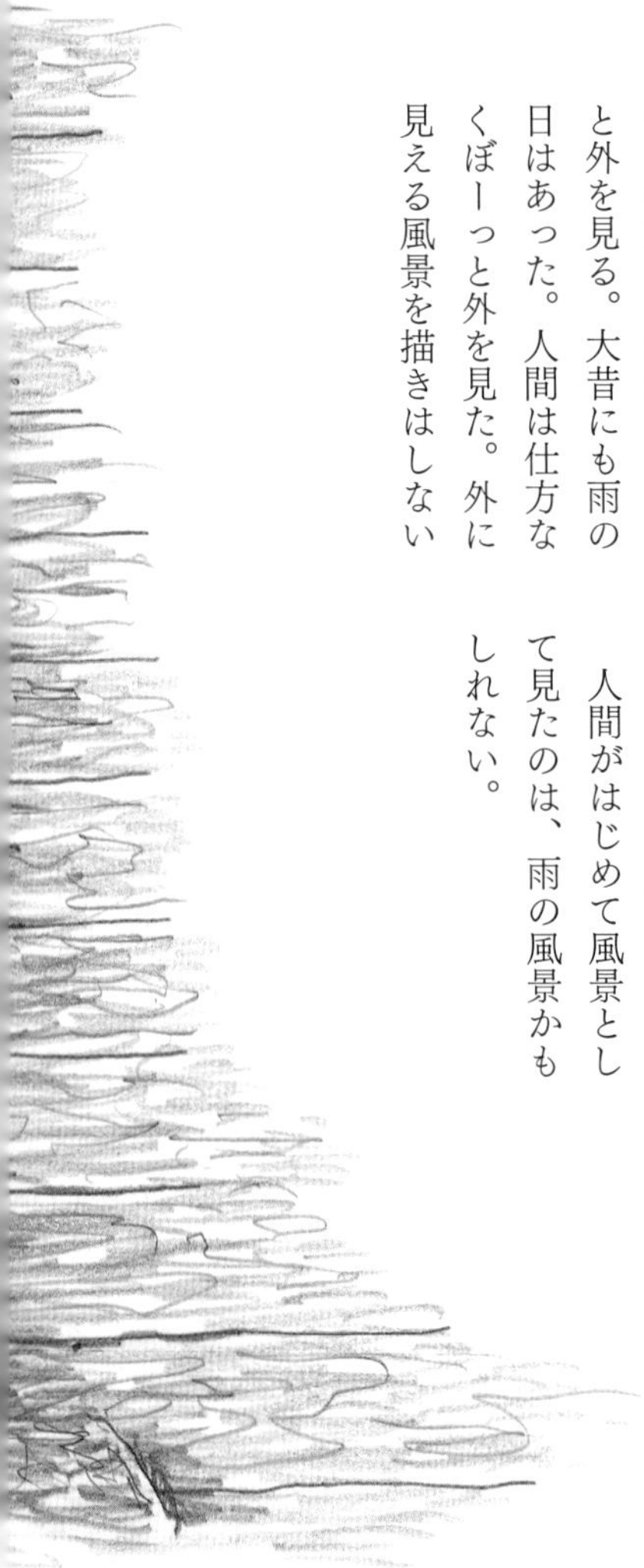

大昔、外に出られない日、
四角い窓が、そのまま風景
画になっている。

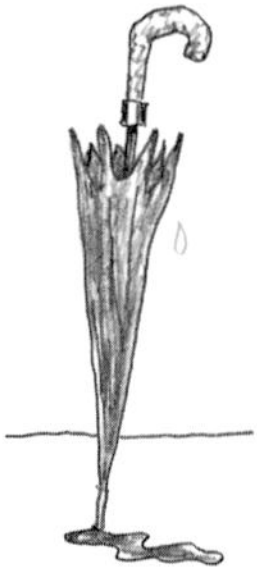

IV　四角形の歴史

The History of Frames

よし。窓はわかった。風景は四角い窓からだ。建物があれば、窓はある。
でも人間の最初の家となれば、窓どころではないだろう。木の枝や枯草《かれくさ》というもので造った人間の「巣」には、窓でなくても入口があっただろうが、四角ではなく、ただのぼそぼその穴だったに違いない。それ以前人間がまだ猿だったころ、世の中に四角形はあったのだろうか。

なかった。

そもそも自然界はみんなぐにゃぐにゃしている。木は曲がり、枝も曲がり、山はでこぼこで、川はくねくね流れる。牛も馬も象も虎も、体は全部曲線で出来ている。

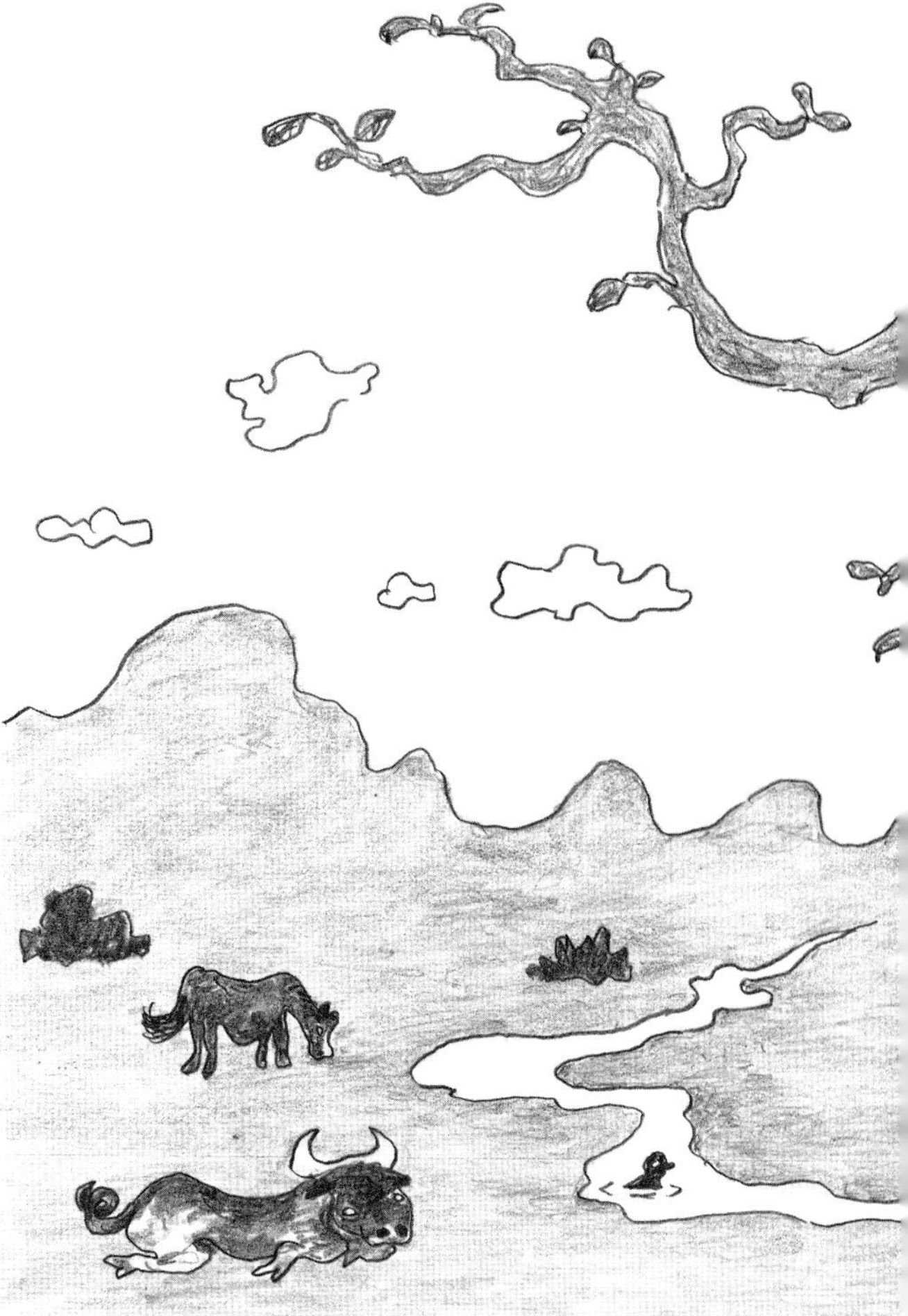

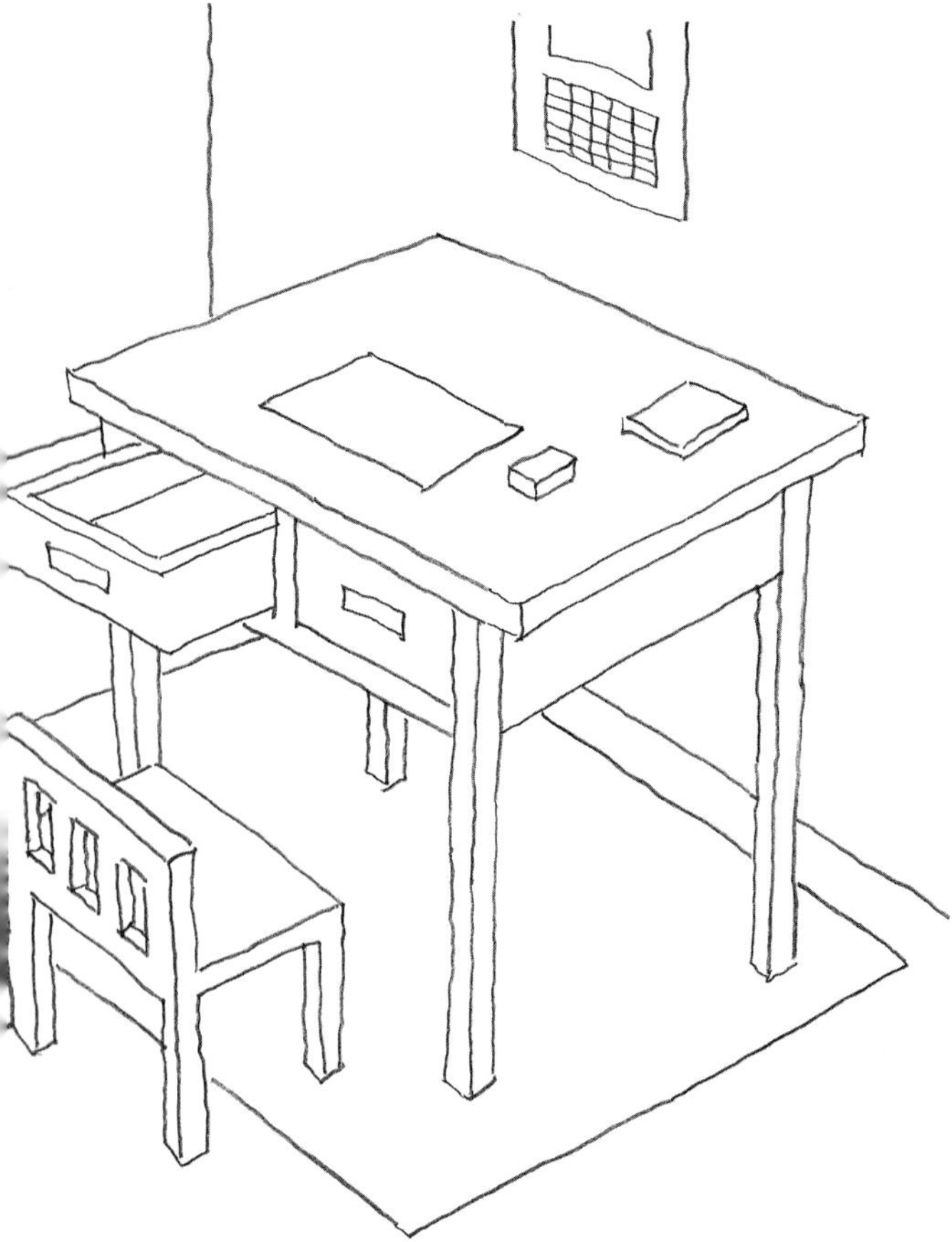

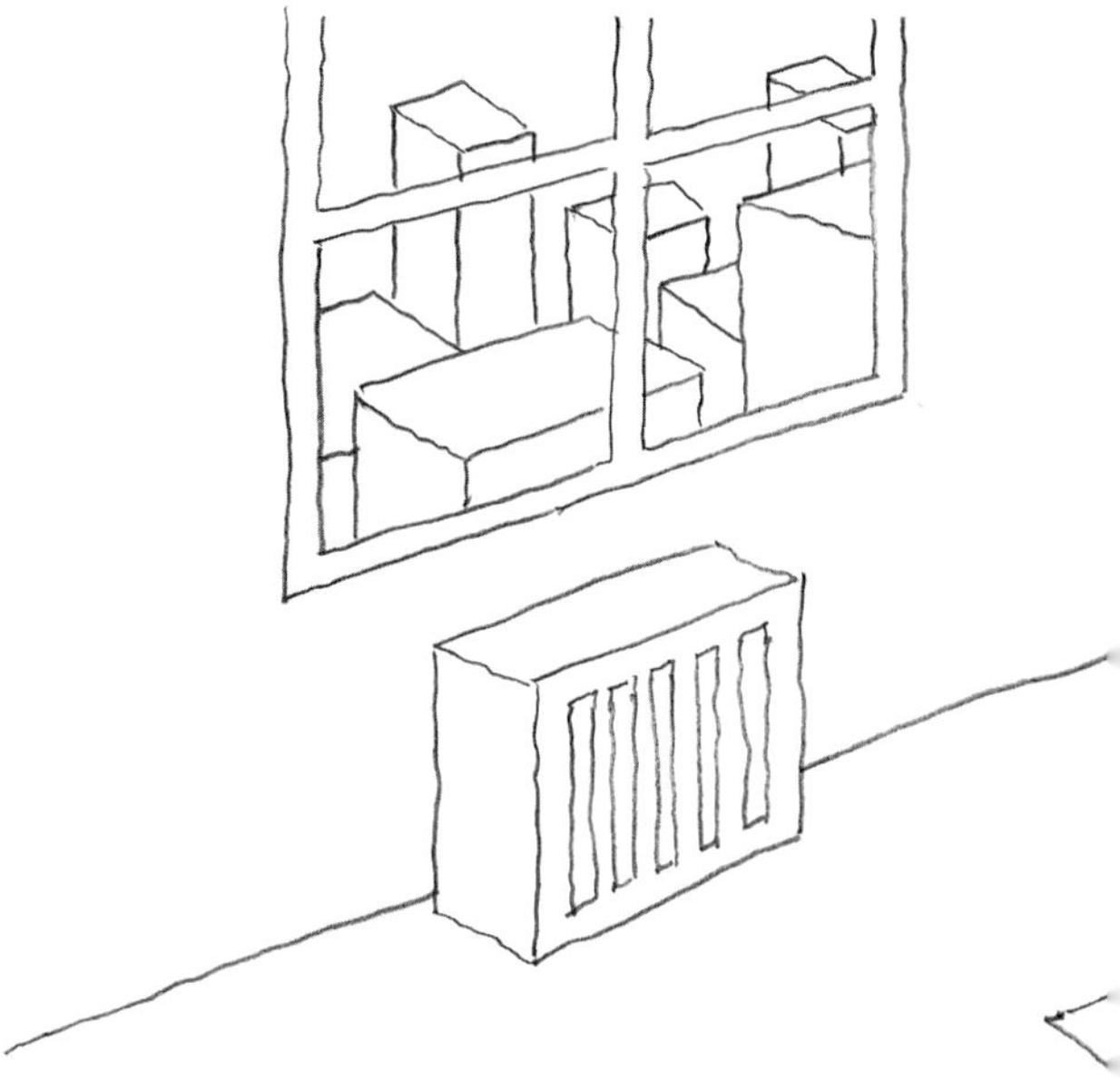

いっぽう今の人間社会は、ほとんど四角形で出来ている。

窓にはじまり、机、引出し、ノート、名刺、新聞、紙幣《しへい》、畳、床、壁、その他いろいろ、人間の生活品のほとんどが、四角形を基本としている。

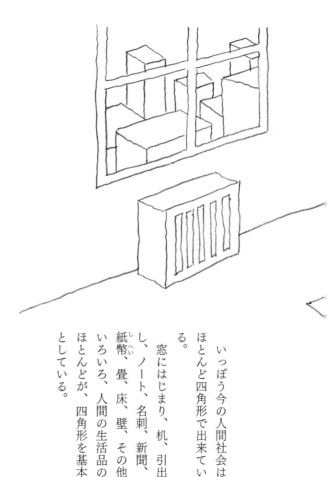

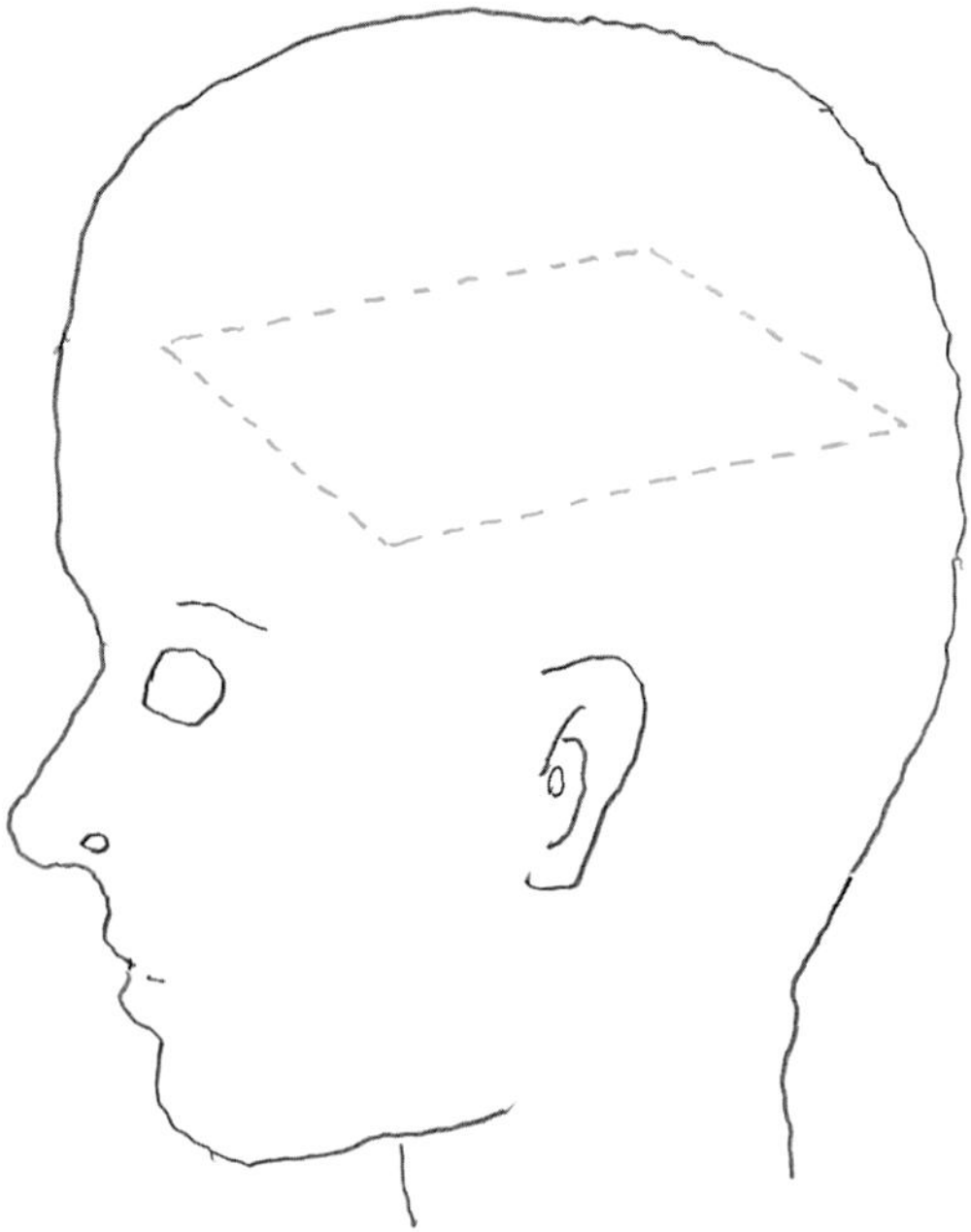

この四角形を、人間はどうやって見つけたのか。自然界を見渡しても、まず四角形は見あたらない。

円はある。太陽。月。目玉。水の波紋《はもん》。でも四角形は見あたらない。

どうも四角形というのは、人間の頭の中で生まれたらしい。四角形は人類の考えた特許《とっきょ》のようだ。

そうするとそれはいつのことか。そのきっかけは何だったのか。

そもそも四角形のモトである直線は、いつごろこの世にあらわれたのか。いつごろ人間の頭に自覚されたのか。

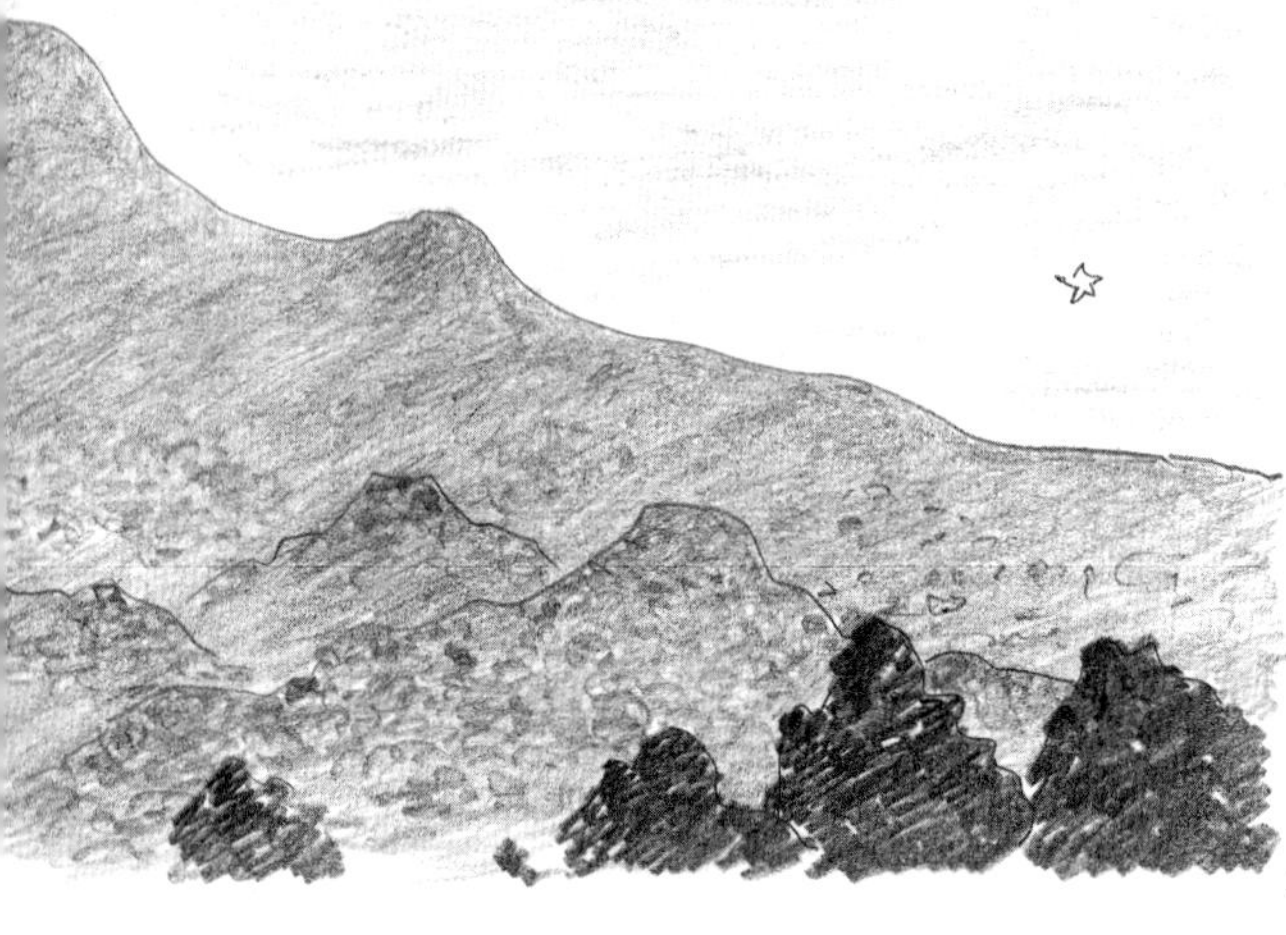

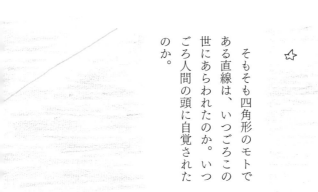

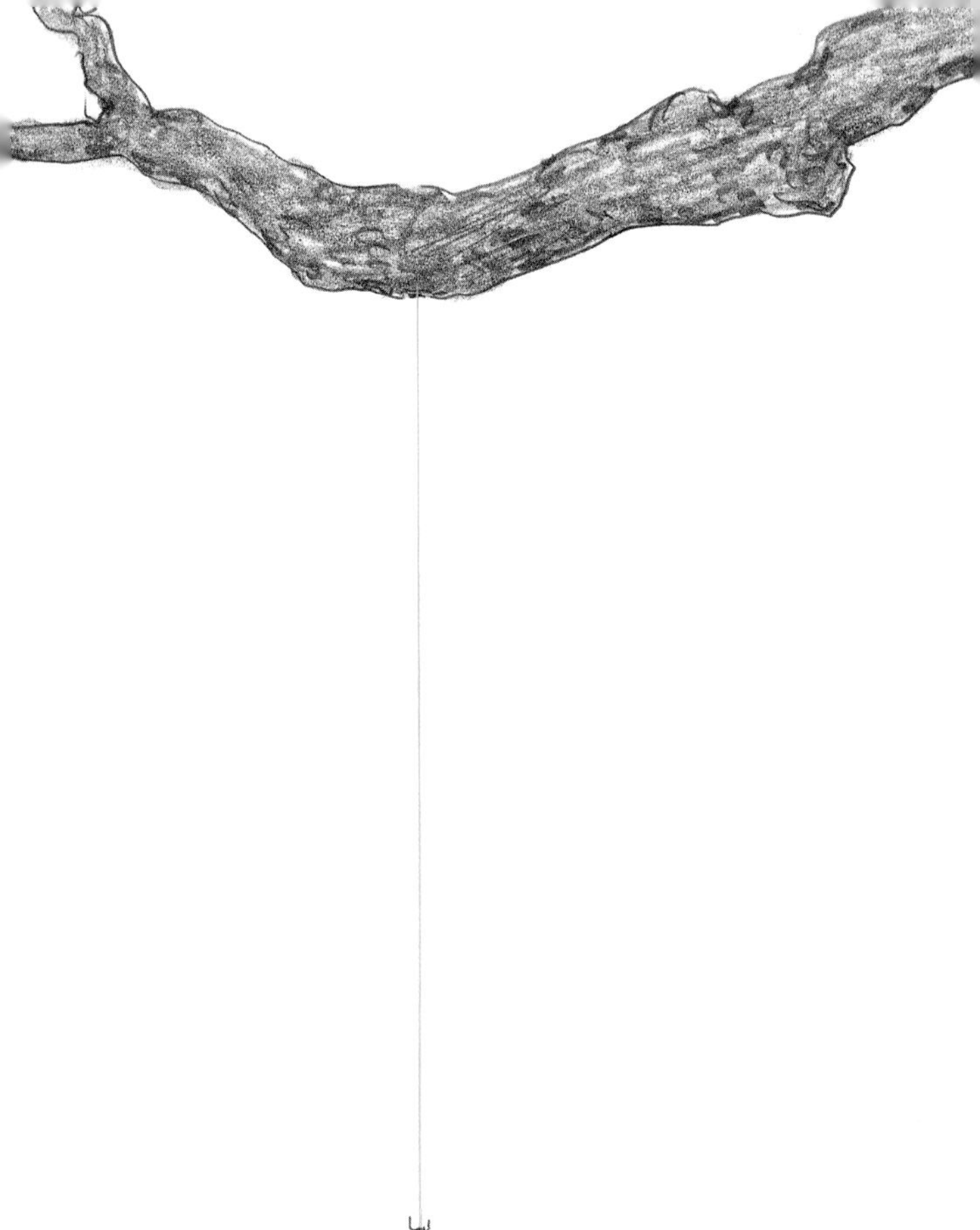

頭上の枝から蜘蛛《くも》が一匹、すーっと下りてくる。蜘蛛の糸は直線である。

風が吹くと直線が消えて乱れるが、風がなくなると、またいつの間にか直線があらわれる。

山また山の間を抜け出て、目の前が開けて、広い海が見えたとする。海の水平線は直線である。

自然界で稀《まれ》に出合う直線には、神秘を感じる。そこからインスピレーションが……、と思いたいが、直線から四角形まではかなり遠い。いまの人間は既《すで》に四角形を知っているから、四角形は直線からと考えるが、本当の話、四角形のモトは直線というより、列ではないだろうか。

列を成して歩く動物、一列に並んで飛ぶ鳥など、列は秩序《ちつじょ》のはじまりである。

生き物はみんな秩序をもって生きている。でもそれは無意識の秩序である。原始時代、石か、骨か、棒切れか、とにかくはじめて道具を手にして、動物的活動の「利潤《もうけ》」を得た人間は、そこでぼんやりと「秩序」を意識したのではないか。つまり手順というものの便利さを知ったのではないか。

獣(肉)
道具
人
人
道具
人

人間が道具を知ると、いつも使う石や骨や棒切れを、人間の巣の中に持ち帰る。巣は当然狭いから、物の類《たぐい》は巣の隅に寄せられる。寄せるとそれらがどうしても並ぶことになる。

物は並ぶと列になる。列は伸びるとどこまでも伸びるが、巣《エリア》の広さは限られている。伸びて突き当たった列がなおも伸びると、いやおうなく二列目がはじまる。その二列目が問題だ。

最初の列はいやおうなくのものだが、二列目は、列の模倣《もほう》である。頭は何かを模倣したとき、そのものの性質をつかむ。人間の巣に、二列目以上に物品が増えると、三列目、四列目は頭の中で広がり、そこにスペースというものがあらわれる。

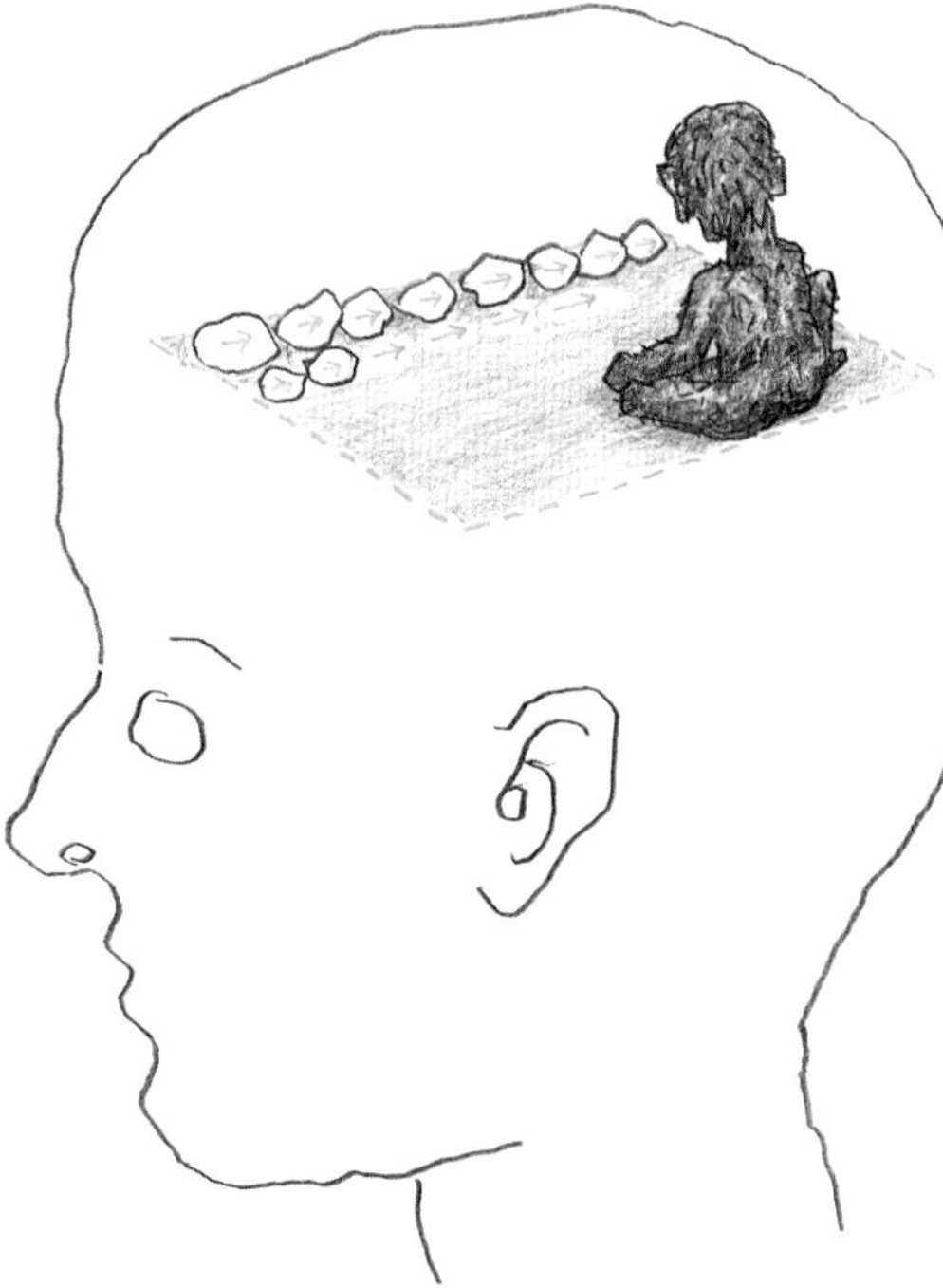

もしもそうだとしたら、四角形は二列目からはじまった。持物《もちもの》ができた人間の、その物を片付けようとする整理の理《り》が、合理の理に繫《つな》がりながら、四角形は文明の基本となっていった。

のではないだろうか。

ピ

V

四角形と犬

A Frame and a Dog

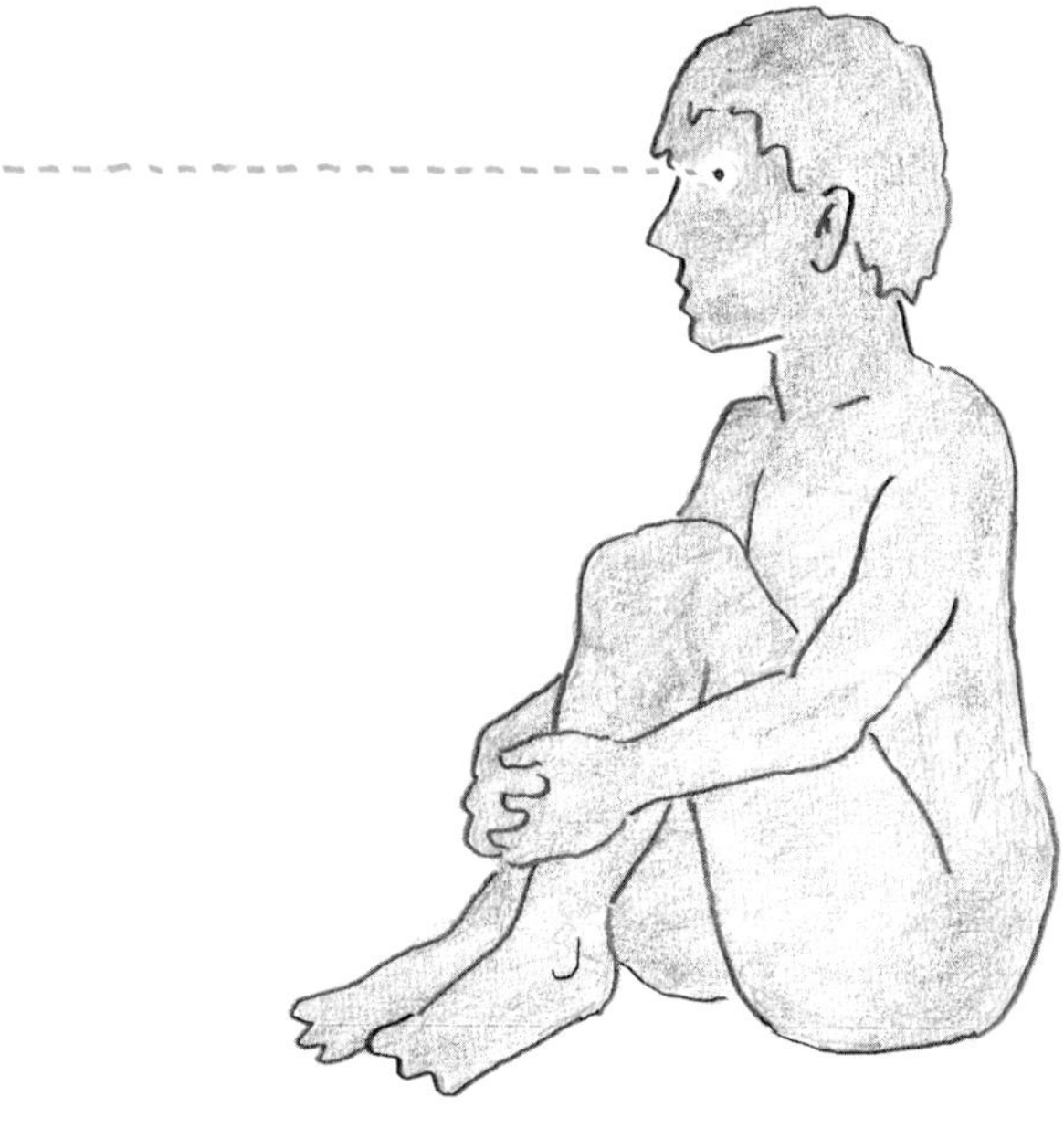

人間がいつも使っている直線は、拡大する生活の整理整頓から生まれた。その直線の重なりが四角形となって、人間は合理の理を知った。

やがてその四角形が絵の画面として登場したときに、人間ははじめて余白を知って、風景を見たのだった。

余白は無意味である。合理から生まれた四角形が、世の中から無意味を取り出したのは不思議なことだ。いま、意味がいっぱいの世の中に暮らしながら、真新しいキャンバスの、無意味を眺《なが》めるのは気持ちいい。

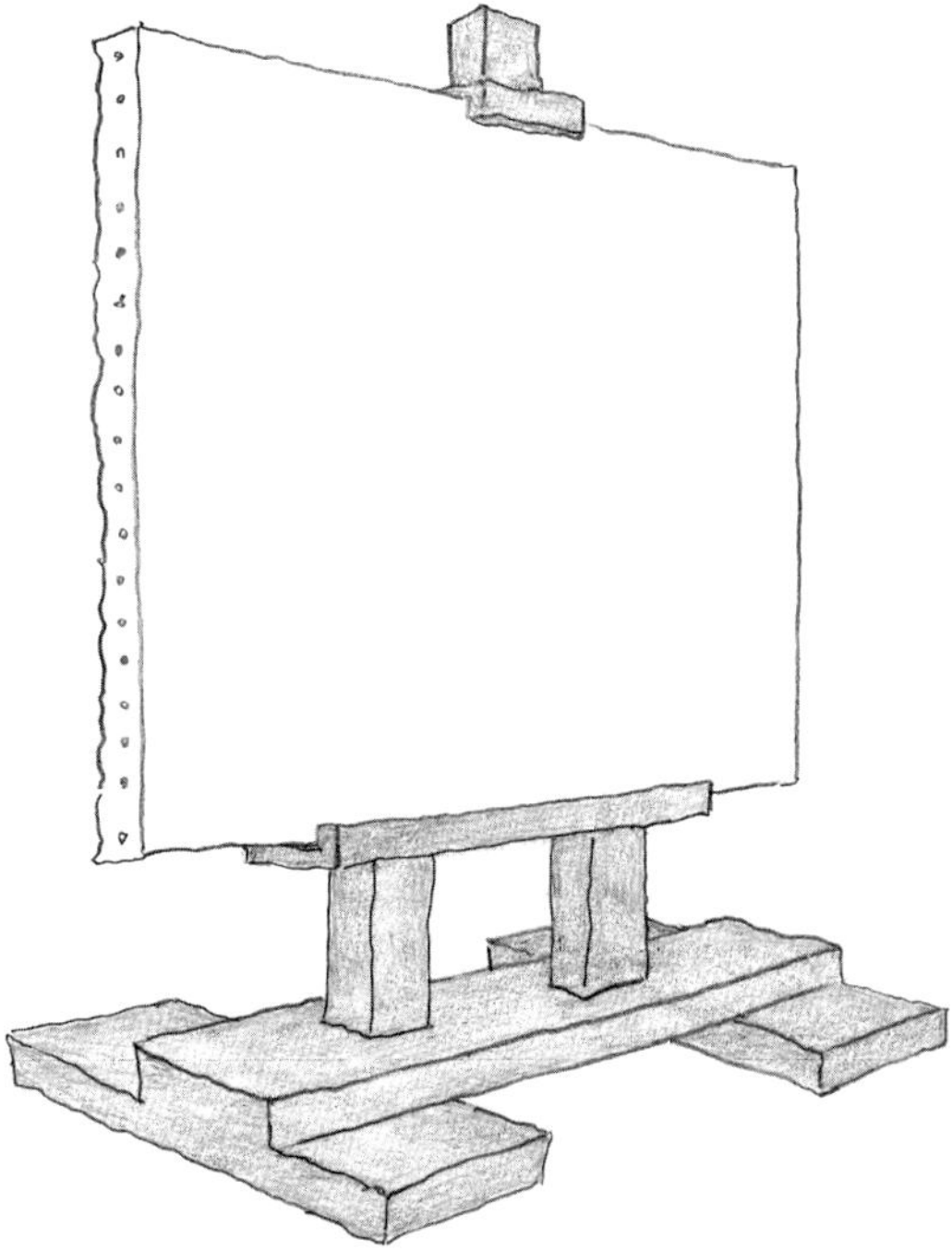

ところで犬はどうした。犬には風景が見えないから、途中から消えたが、そう考えているのは人間である。

犬に風景は見えないにしても、犬には無意味が見える。意味のあるハムやソーセージが見えるのは、わずかな時間だ。あとの生きている時間、犬はずーっと無意味を見ながら、いつまでも眠っている。

満足そうな寝顔。

犬は風景を見ないようだが、無意味を見て眠っている。犬はこの世にいる味だけを、味わっているらしい。

人間だってやがては現役を離れ、家にいて、窓の外をぼーっと眺める。
　雨の日でもないのに、窓の外に風景が見えている。余白を生んだという四角いフレームに、風景がぎっしり詰《つ》まって見える。

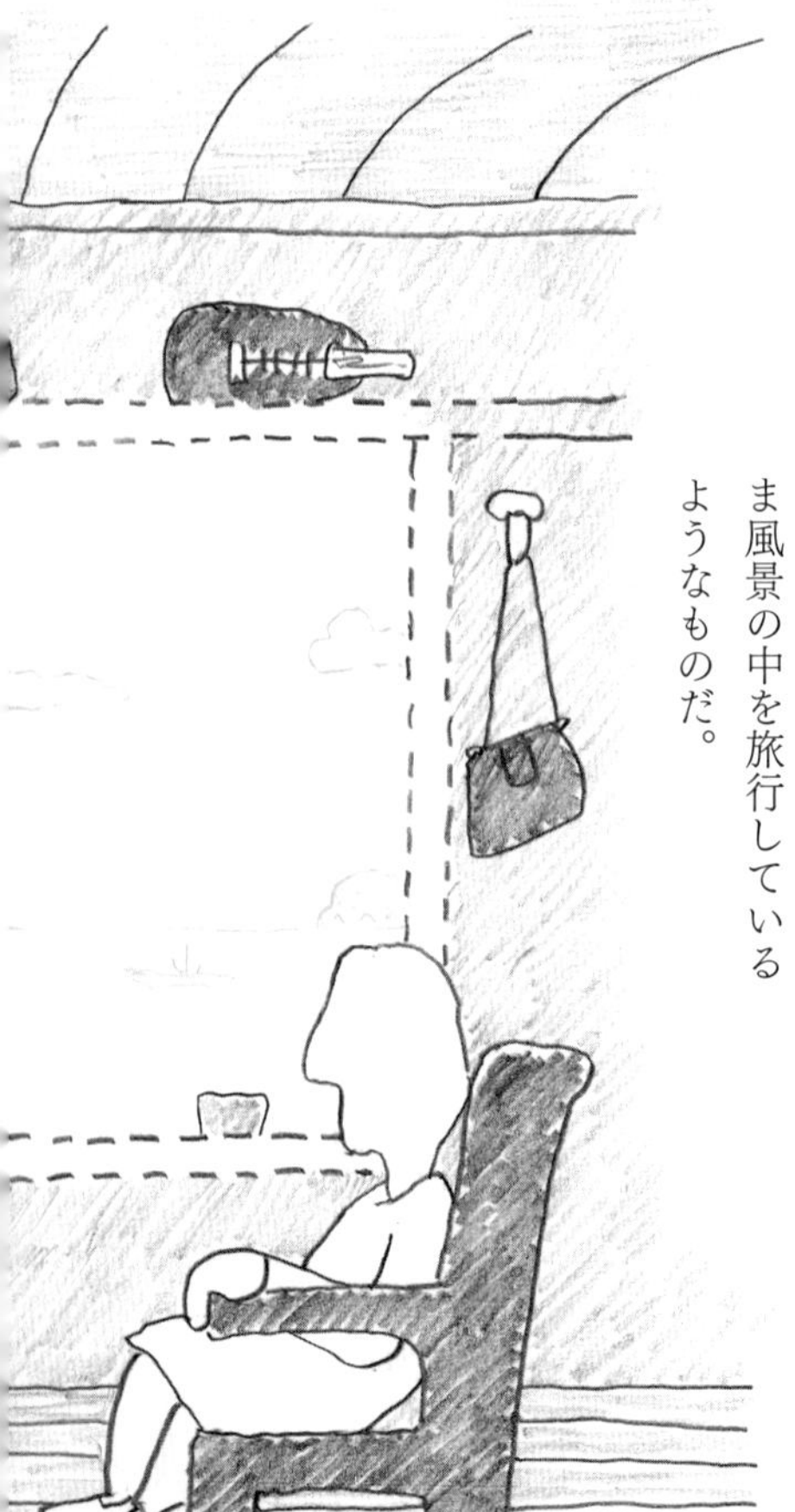

人間歳《とし》をとると、そのフレームがあいまいになる。あいまいが進んで、いずれフレームが視界から消えていくと、もう自分がそのまま風景の中を旅行しているようなものだ。

風景はフレームから生まれたらしいが、フレームのない風景の中に入って行くと、余白はもうどこにもなくなっているのではないか。

あとがき

はじめは四角形の歴史なんて考えるつもりではなかった。ただ風景画が好きで、その風景画がじつは印象派のころにやっと大手を振ってあらわれたという歴史に、なるほど、と思っていたのだ。

風景画が好きなのは、それを見ている自分の気持が好きなのだと思う。好みの風景画を見ているときはただボンヤリとして、そのボンヤリが好きなのだろう。

都心に出かけるときには、電車内で何か読もうと本など持っていくが、窓際が空いていると結局はそこに立って、流れ去る外の風景をボンヤリ見ている。それが気持いい。本は結局読まずに持ち帰る。

絵のことをロスタイム無しの状態で考えたのは、警視庁の地下室だった。昔、千円札を印刷した自分の作品が法に問われた。その取調室で、何故これを作ったのかという尋問は、結局は人類の絵の歴史を考えさせられた。人間は何故絵を描きはじめたのか。いつ描きはじめたのか。取調官の眼鏡越しの視線を受けながら、絵の歴史をさかのぼった。大昔のこと、生活物体から分離した絵というものが、一枚の板、一枚の画布の上にあらわれてくる。でもそれ以前、中世から原始にまでさかのぼる時代には、絵も壁も壺も、食料も宗教も仕事も、すべてが未分化のマグマ状態にあったのだ。自分の作ったものは、そのマグマから言葉を拾ってこない限り説明がつかないことを、細々と理解したのだった。

今回のこの『四角形の歴史』では、またその未分化のマグマの奥の方まで分け入ることになった。というのはいささか大げさではあるけれど、でも有史以前の、証拠の何もない世界をあれこれと想像していったわけである。

世の中の物がだいたい四角形になっているのは、子供のころから変に感じていた。やっぱりほかの形では不便なのだろうなと思い、でも本当にほかの方法はないのかなと、頭のどこかで気になっていた。そこにまさか風景画の方から入っていくことになるとは、自分でも考えていなかったのである。

考古学の上では、住居や棺やその他の遺跡に、人類最古の四角形物件というのがあると思う。でもその工作物が出来たときには、もう人類の頭の中に四角形は確立している。その四角形の種が、どうやって頭の中に植えつけられたのか、それがわからないので興味が湧いてくる。

あるいは神の啓示があったという説もあるだろうが、神に依存したのではそこでおしまいだ。映画「2001年宇宙の旅」ではモノリスという四角柱が出てきて、場面は綺麗だったが、テーマは先送りとなっている。

でも自然界で稀に見る直線の神秘が、頭の働きの後押しをしたことは考えられる。でもそれは四角形の先導ではなくて、あくまで後押しだろうと思っている。いずれにしろ物証のない世界は緊張して、わくわくする。

この『四角形の歴史』は、そもそもこのシリーズの発端だった。それだけに手がかかり、順序としては後になった。

こういう実験のステージを用意してくれた編集の永上敬さん、それからブックデザインの成澤望さんに、感謝します。

2006・1・22
赤瀬川原平

解説にかえて　ヨシタケシンスケさんインタビュー

ヨシタケ　僕が赤瀬川さんのことを知ったのは学生時代です。ハイレッド・センター（高松次郎、赤瀬川原平、中西夏之の三名により一九六三年に結成された前衛芸術グループ）や千円札事件（一九六三年に印刷所で千円札を印刷して芸術作品を作り、通貨及証券模造取締法違反に問われた裁判）について日本美術史の講義で言及されたので、その文脈で赤瀬川さんのことを知りました。また、鈴木康広さんや寄藤文平さんなど、僕が影響を受けた人たちが赤瀬川さんをすごく尊敬されていたので、彼らに触発されて僕も赤瀬川さんの『千利休――無言の前衛』（岩波新書、一九九〇年）などを自然と手に取るようになりました。

本書『四角形の歴史』は、文章と絵のリズムがすごく独特です。肩肘張らずに、普通に対談しているような感じで物語が進んでいく。だから、読み心地がとてもいい。絵本を描く立場から考えると、こういうのって逆になかなか難しいんです。
僕は絵本作家になって一〇年になります。一〇年続けて、いま自分も絵本を描く立場になったからこそ、この本のすごさがあらためてわかる気がします。深遠ですごいことを言うぞと構えずに、軽い感じですごいことを言う――。この立ち位置が、さすが赤瀬川さんだなと思いました ね。
絵本の場合は、文章や絵、漫画とは異なる、絵と文字のバランスというものがあります。「こどもの哲学　大人の絵本」シリーズは、絵と文字が絶妙なバランスのなかで、一つのお話が進んでいくっていうのは、すごく面白い作品だなと思います。

――絵と文章のバランスが絶妙だと感じられるのは、どういう箇所ですか?

ヨシタケ　たとえば犬の見ている風景だったりとか、人が見ている風景だったりとか、要所要所で言葉のない絵だけが、すぽーんと挟まっています。そのことによってリズムが生まれ、読む側に考える時間を与えています。
もちろん絵と文章のバランスも素晴らしいのですが、何よりもすぐれているのは着眼点。「犬は本当にこの風景って見ているんだろうか?」っていう問いが素晴らしい。この疑問を起点にして、不思議さを共有しながら読者をぐいぐい引き込んでいく。上から目線でものを言う感じではなくて、読む人と一緒に考えながら進んでいく構成。この構成力は、本当にすごいと感じますね。

赤瀬川さんはいろいろな活動をされていましたけれど、世の中全体に興味があった方なんだなとつくづく感じます。ともすれば見過ごしてしまう小さなものを面白がろうとする力を、どの分野においても発揮されていた方なんでしょう。「あれって何でなんだろう?」「どうしてこうなんだろう?」とつねに考え、小さな疑問を集める思考の癖が赤瀬川さんにはあったように思います。赤瀬川さんは「考えてきた量と回数」が単純にとても多く、そのうえ密度が高いから、持っている引き出しの数が桁違いに多いんでしょうね。

——ヨシタケさんご自身も、日ごろからふとした日常の「疑問」をメモ的にスケッチされていらっしゃいます。

ヨシタケ 「疑問」を集めるだけだったら、わりと誰でもできるんです。けれど、赤瀬川さんのすごいところは、集めたその「疑問」を面白おかしく、周りにもわかるように説明し、共感をさせる力が半端ないことですね。赤瀬川さんは、芥川賞作家でもあり、小説を書かれていらっしゃるので、文章も構成力もとてもすぐれています。「疑問」を集める力と、それを面白いかたちにまとめ上げる構成力、その両方の力がずば抜けた方なんだろうなと思います。

構成力という点では、本書は理詰めでどんどん展開していく。「そういうことならこうではないか」「こうってことはこうじゃないか」という具合に、理屈でどんどん核心に迫っていく感じがあります。赤瀬川さんのなかには、理屈の世界っていうのがありますよね。僕もわりと理屈っぽい人間なので（絵本を理屈で作ることがあります）、こういう展開には大いに共感できるんです（笑）。

理屈でものを考えていくと、あるところで行き止まりになる。世の中、理屈で動いていない部分が結構あるってことに、理屈でたどり着くんですね（笑）。

本書『四角形の歴史』も、「本当に犬って風景を見ているんだろうか？」という点から理屈でいろいろ考えていくんだけれども、最後の最後の部分で、「でも犬は意味は見ていない」というところで、ギュッと反転し、発散するのが赤瀬川さんらしい。理屈だけで「多分こうだと思う」ということで終わるんじゃなくて、「理屈で言うところだけれども、犬はその理屈っていうところとは別のもので生きている」という終わり方をする。そのことによって、世の中の深みだったり広さだったり、理屈では説明できないところもちゃんと全部言っている。理屈の話なんだけど、オチが理屈で終わってない。

この終わらせ方に、赤瀬川さんのものの見方というか、世の中の感じ方っていうのが、すごく表れているような気がします。「理屈で言えるのはここまで。理屈で世の中のすべてを説明できるわけじゃない」ということを誰よりも理解されていた方なんだと思います。

「無意味」という言葉が本書のなかに何回か出てきますけど、その「無意味」は「意味」があるからこそ存在するものです。意味がないということは、理屈が及ばない領域があるということと同義なので、赤瀬川さんは誰よりも理屈をわかっていたからこそ、理屈では及ばない部分の存在っていうものをつねに気にかけていたはずだし、意味のあるものとないもののあいだを自由に行き来することの面白さを、ずっといろんな形態で、媒体でやられていた方なんじゃないのかなっていう気がしますね。

――本書の絵をどう感じられましたか？

ヨシタケ　この力の抜けた絵がすごい。一見すると、ふにゃふにゃと描いてるようなんですけど、実は、赤瀬川さんは絵がものすごくお上手なんですよね。僕は絵を描く仕事をするようになって初めてわかったんですけど、描けるようで描けないものを、気楽に描いてる感じっていうのが難しいんです。いざやろうと思うと、なかなかできない。考える量と密度の話をしましたが、赤瀬川さんの場合はもちろん絵もたくさん描かれている。膨大な量の習作をおこなって、はじめてやっと描けるようになる線を描いている。同じことをやれと言われても、「これができないんだよな……」と思いますし、空恐ろしさをあらためて感じました。

リアルに描こうと思えばいくらでも描ける画力を赤瀬川さんはお持ちです。にもかかわらず、本書は鉛筆などで描かれ、下描きとかせずに、ふにゃふにゃっとした線で描き上げていらっしゃる。こんな絵って描けないんですよ。だからすごく味わいがある。

絵と言葉との距離感も絶妙です。一般的に、絵と言葉を用いた大人向けの本には暗黙のルールがあって、言葉で書いてあることをわざわざ絵にしない、絵に描いてあることを言葉で説明しないんですね。二重になっちゃうので。けれども、子どもが読む絵本の場合は、絵を読み解く力や言葉を読み解く力が、まだそなわっていない子どももいるので、絵で描かれていることを言葉でもう一回説明したり、あえて二重の表現にすることがあるんです。

こうした点を意識して本書を読むと、言葉で書かれていることと絵で描かれているることが、合っているようで微妙にピントをずらしてあったりする。そうすることで本書に奥行きをあたえることに成功しているように感じます。

これは、やはり、絵と本をたくさん描かれてきた赤瀬川さんだからこそできる「間合い」なんだろうと思いますね。普通、こういう本を描こうとすると、もっと理屈っぽくなったり、もっと説明っぽくなったりするものなんです。そこを、説明しすぎもせず、表現しすぎもしない、ちょうどいいバランスでまとめている。余白の使い方だったりとか、絵の内容だったりとか、ちょっとお茶目な感じに、ちょっととぼけた感じで文章のほうをまとめている。だから読んでいて安心できる。

絵や小説などアート作品の性質によって、表現できることとできないことがあると思うんですが、赤瀬川さんの場合は、前衛美術や漫画、あるいは小説など、さまざまな創作活動をやってこられたからこそ、それぞれのいいとこどりができる。表現として誰にも真似のできない境地に、本書は到達している気がしますね。

（二〇二一年一一月　オンラインにてインタビュー）

本書は二〇〇六年二月、毎日新聞社より刊行された。

ちくま文庫

四《し》角形《かくけい》の歴史《れきし》

二〇二二年三月十日　第一刷発行

著　者　赤瀬川原平（あかせがわ・げんぺい）
発行者　喜入冬子
発行所　株式会社　筑摩書房
東京都台東区蔵前二―五―三　〒一一一―八七五五
電話番号　〇三―五六八七―二六〇一（代表）
装幀者　安野光雅
印刷所　凸版印刷株式会社
製本所　凸版印刷株式会社

ISBN978-4-480-43795-2　C0195